U0087822

你會愛上月亮莎莎的五個理由……

快來認識牙齒尖尖又

超可愛的月亮莎莎！

她的媽媽用魔法把玩偶

「粉紅兔兔」變成真的了！

你想參加哪一種

校外教學呢？

莎莎的家庭很瘋狂唷！

神秘迷人的

粉紅 × 黑色

手繪插畫

你最希望去哪裡校外教學呢？

去月亮看玉兔，
並且把嫦娥帶回家。
（JC／9歲）

宇宙航行。校外教學
當然越久越好啊，來個一年吧。
（小魔女／6歲）

想去北極看極光。
（Juliea／7歲）

到魔法師的家
角色扮演，體驗魔法DIY。
（小葵／7歲）

最希望去樂高樂園
校外教學，
創造自己的城堡。
（小熊／8歲）

可以坐魔法露營車
去海底世界戶外教學。
（Elsa／8歲）

想去人體裡校外教學。
（超夢／8歲）

月亮莎莎家族

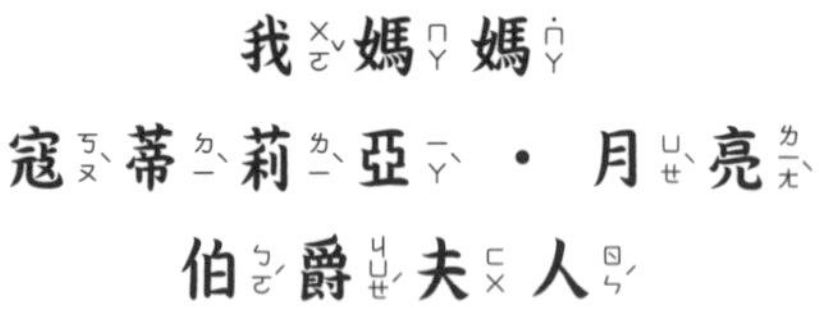

我媽媽

寇蒂莉亞・月亮伯爵夫人

甜甜花寶寶

我爸爸
巴特羅莫・月亮
伯爵

我！
月亮莎莎

粉紅兔兔

國家圖書館出版品預行編目資料

月亮莎莎與鬧鬼城堡／哈莉葉．曼凱斯特(Harriet Muncaster)文圖;黃筱茵譯.——初版一刷.——臺北市：弘雅三民，2022
面； 公分.——（小書芽）
譯自：Isadora Moon Goes on a School Trip
ISBN 978-626-307-724-9（平裝）

873.596 111011738

小書芽

月亮莎莎與鬧鬼城堡

文　　圖	哈莉葉．曼凱斯特
譯　　者	黃筱茵
責任編輯	林坤煒
美術編輯	黃顯喬
發 行 人	劉仲傑
出 版 者	弘雅三民圖書股份有限公司
地　　址	臺北市復興北路 386 號 (復北門市) 臺北市重慶南路一段 61 號 (重南門市)
電　　話	(02)25006600
網　　址	三民網路書店 https://www.sanmin.com.tw
出版日期	初版一刷 2022 年 9 月
書籍編號	H859830
I S B N	978-626-307-724-9

弘雅三民圖書

月亮莎莎

與鬧鬼城堡

哈莉葉·曼凱斯特／文圖
黃筱茵／譯

三民書局

獻給世界上所有的吸血鬼、仙子和人類！

也獻給我妹妹賽菈絲汀。

第一章

我是月亮莎莎！這是粉紅兔兔。不管我到哪裡，他都跟我在一起，就連去校外教學也一樣！我以前只參加過一次校外教學（那次是去看芭蕾舞表演），所以當櫻桃老師宣布下星期要再舉辦時，我真的超級興奮！

　　我把通知單帶回家給媽媽看時，她說：「喔，太棒了！是古堡博物館耶！一定很好玩。這次妳希望爸爸和我再去當志工嗎？」

「嗯……」我有點遲疑。上次校外教學，爸爸媽媽自願去當志工，一切都還算是順利（應該吧），可是我總是有點不確定他們適不適合幫這個忙，畢竟媽媽是仙子，而爸爸是吸血鬼。（對了，所以我是吸血鬼仙子唷！）他們跟其他人的爸爸媽媽不太一樣，有時候蠻尷尬的。

「可以呀，如果你們真的很想去的話。」我說。「不過櫻桃老師說這次只需要一位志工，所以你們只能去一個人。」

「啊，真可惜。」媽媽看起來有點失望。「那還是讓爸爸去吧，妳也知道他對古老的城堡有多著迷！」

「對呀！」爸爸附和，抱著我的妹妹甜甜花寶寶，輕輕搖晃。「我非常願意去！」他從披風底下抽出一枝筆，很快就在通知單上簽好了名字。

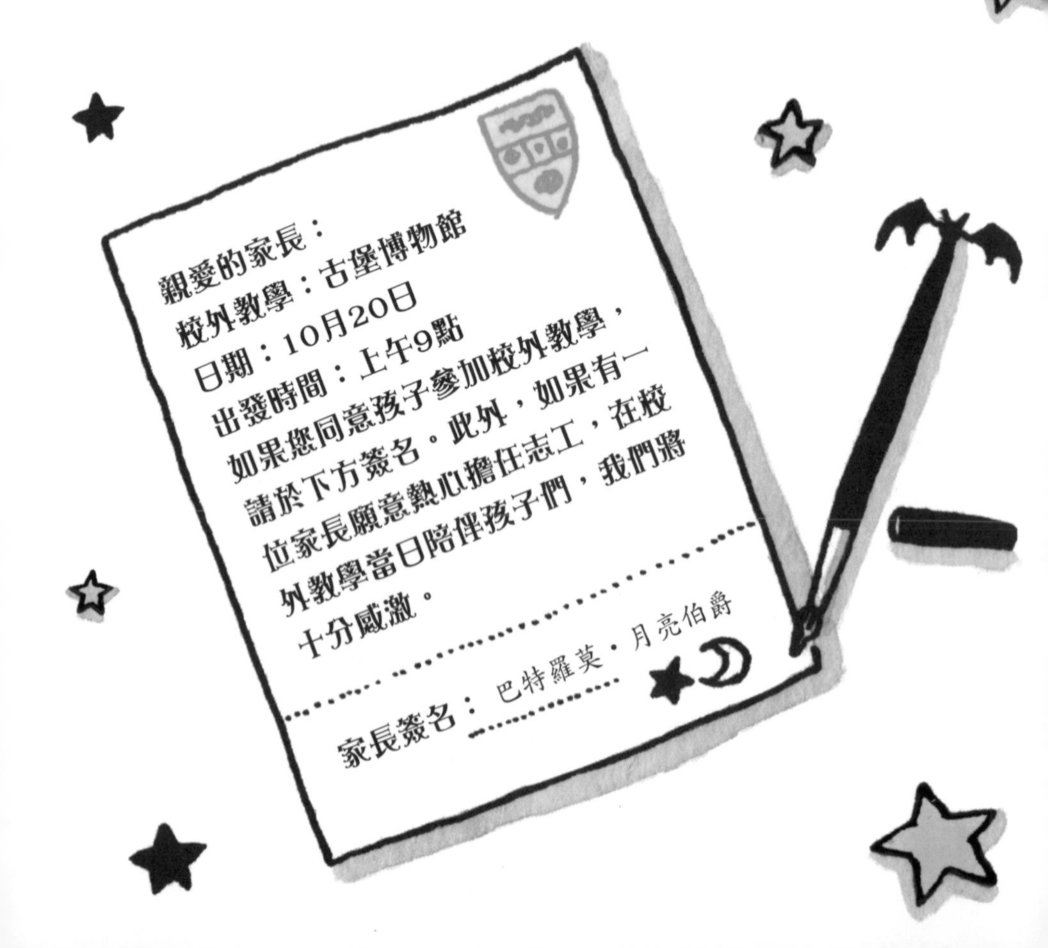
親愛的家長：
校外教學：古堡博物館
日期：10月20日
出發時間：上午9點
如果您同意孩子參加校外教學，
請於下方簽名。此外，如果有一
位家長願意熱心擔任志工，在校
外教學當日陪伴孩子們，我們將
十分感激。

家長簽名：巴特羅莫・月亮伯爵

「希望我可以再穿一次那件時髦又亮眼的背心。」爸爸說。「那穿起來好酷呀！」

「對呀，你穿上後確實很帥。」媽媽說。「那種背心好看又閃亮，對吧？我想那應該叫做『螢光』背心。」

「螢光！我真愛這個詞！」爸爸說著，把通知單還給了我。「我等不及要參加了！」他大喊。「我真的非常喜歡古老的城堡。妳覺得那裡有鬧鬼嗎？我希望是有！」

「我不曉得耶，」我回答，「得問櫻桃老師才知道。」

第二天，我在學校問櫻桃老師這個問題時，她驚訝的回道：「鬧鬼？城堡當然沒有鬧鬼呀！妳不必害怕！」

「我不怕。」我說。「我只是……」

「鬧鬼？」我朋友柔依在我身後問著。「莎莎，妳剛才說城堡有鬧鬼嗎？」

「沒有啦，我只是……」

「城堡鬧鬼呀！」柔依震驚的用手摀著嘴巴，大聲喊道。「喔，我的天呀！」

「天呀！」莎曼莎睜大眼睛喊著。「我很怕鬼耶！」

「大家都怕鬼啊！」布魯諾說。

「城堡鬧鬼呀！」賈斯伯大喊。

全班很快就變得鬧哄哄，莎曼莎怕到臉色都變白了。

「好了，大家冷靜下來，」櫻桃老師大聲說，「城堡**沒有**鬧鬼啦！」

「但是如果真的有鬧鬼呢？」莎曼莎用又細又尖的聲音說。

「**沒有好嘛！**」櫻桃老師翻了個白眼，嘆了一口氣說。

可惜根本沒有人聽進去，城堡鬧鬼的想法已經深植在大家腦海中。

「我敢說鬼魂會在城堡的走廊徘徊，發出哀號和呻吟。」柔依說。

「我敢說鬼魂有一口尖牙和一對發光的紅眼睛。」薩希說。

「我敢說鬼魂會吃小孩當作早餐。」布魯諾說。

「喔，救命呀！」莎曼莎渾身發抖，倒抽了一口氣。

校外教學的前一天晚上我說：「爸爸，雖然你是吸血鬼，可是明天一定不能睡過頭，我們九點到學校才來得及搭遊覽車喔。」

「遊覽車！」爸爸說。「好興奮唷！我從來沒搭過遊覽車耶。莎

莎別擔心，我一定會準備好。我會設五個超大聲的鬧鐘，而且第一個在早上五點就會響，這樣我就有兩個半小時左右可以整理頭髮。我知道時間不多，可是應該沒問題。」

「太棒了！」我開心的說。「謝啦，爸爸。」

「喔，天啊！」媽媽說。「五個鬧鐘！看來今晚我得幫自己變出特別的魔法耳塞了！」

「媽媽別擔心，」我說，「今天晚上妳可以來我房間睡。我們可以架起露營用的折疊床啊！說不定還可以烤一些棉花糖，就像去露營時那樣！」

媽媽笑了。「莎莎，妳真貼心，」她說，「但我其實不介意被吵醒啦。有時候天亮就起床也不錯，破曉時分的大自然很美唷！」

「喔，好吧。」我有點失望的說。「那我們可不可以還是烤些棉花糖來吃？就當作是甜點嘛！」

「好主意！」媽媽邊說邊看向窗外溼答答的天氣。「我好喜歡在這種涼爽的雨天外出唷！雨滴落下還一閃一閃的。」

「嗯……」爸爸說。

「我來用魔法變出一個遮雨的地方，」媽媽說，「這樣火堆就不會被澆熄了。」

爸爸看起來有點擔心。他不喜歡下雨，因為這樣會弄亂他精心整理的吸血鬼髮型。

「也許我們可以在屋裡烤棉花糖？」他提議。「用爐子烤就好？」

「喔，不行啦！」媽媽驚恐的說。「我們怎麼能錯過這麼美麗的天氣呢？」

爸爸和我盯著窗外越來越暗的灰色天空，媽媽則慢悠悠的準備生火。此刻大雨正下個不停。

「真希望明天校外教學時，天氣會放晴，」爸爸說，「否則我們會被淋成落湯雞。」

「明天雨一定會停，」媽媽自信的說，「現在可能只是下點雷陣雨啦。」

我們現在只好躲在魔法變的小遮棚下烤棉花糖。

直到我們全都上床睡覺，大雨仍淅瀝嘩啦的打在屋頂上。

第二章

我早上醒來時，天空看起來比昨天還要灰。

「喔，天呀！」我跳下床對粉紅兔兔說，「看來今天我們會需要穿雨衣唷！」

粉紅兔兔在發抖，看起來有點擔心。他畢竟是填充玩偶，所以討厭弄溼身體。我打開衣櫥，拿出他小小的塑膠雨衣。

「穿上這個就沒問題了。」我邊說邊幫他穿上雨衣。「你完全不會弄溼身體！而且看起來還超級時髦。」

粉紅兔兔看起來很開心。我在穿衣服時，他就在鏡子前蹦蹦跳跳，一面認真打扮，一面擺出各種姿勢。穿好後，我們便一起下樓到廚房去。

爸爸已經在廚房裡喝他的紅色果汁了。他的頭髮看起來超完美、超滑順，很有吸血鬼的架式，而且還穿著他最高級的黑色防水披風。「就說我會準備好吧！」他打了一個呵欠，迅速戴上太陽眼鏡，遮住他的黑眼圈。

「爸爸好棒！」我坐下來，拿了一片土司。

「可是我不太確定這種天氣適不適合去耶，」爸爸焦慮的瞥向窗外說，「外面雨好大，我討厭雨水弄亂我的髮型。」

我望著外面的烏雲，還有一行行沿著窗戶滑落的雨滴。

「我們都需要帶把雨傘才行。」我說。

「啊，對了！」爸爸說，突然開心了起來。「我可以拿我那把頭頂尖尖、又黑又時髦的新傘！」

「那我要拿我那把有蝙蝠耳朵的傘！」我興奮的說。

吃完早餐後，我們走到大廳穿上防水靴。爸爸帶了他的雨傘，而我穿上粉紅色的連帽塑膠雨衣。

「我們出發囉！」爸爸說，在媽媽臉上親了一下。

「媽媽再見！甜甜花寶寶再見！」我說。

我們踏出了家門。

「雨根本淋不到我！」爸爸開心的說，旋轉著手上的巨大黑傘。「我們看起來很時尚耶！」

粉紅兔兔同意的點點頭，穿著橡皮靴在我身旁濺起一朵朵水花。

到學校時，我們看見櫻桃老師正站在校外的人行道上，身旁停著一輛大遊覽車。她一手拿著點名板，一手撐著傘。

爸爸和我走向老師。「啊，月亮先生！」老師說，「你來啦！太棒了！」她把點名板夾在腋下，手伸進包包裡翻找了一會兒。「來，這給你！」她拿出一件螢光背心說。「基於安全考量，得麻煩你穿上這件背心了。」

爸爸雀躍的接過背心。「喔，太棒了！」他說。「我好期待再次穿這件背心。妳不覺得它超時髦嗎？」

「嗯……」櫻桃老師說。「你覺得是，那就是囉，月亮先生。」

「我覺得是呀！」爸爸說。

「坦白說，我有時候真的看起來太

時髦了，根本無法用言語形容。我得小心一點，不然要是有經紀公司看到，肯定會找我去當模特兒。」

櫻桃老師尷尬的咳了幾聲，然後只說了一句：「你們現在可以上車囉。」

爸爸收起雨傘，甩了甩傘上的雨水，走上遊覽車。我跟在他身後，粉紅兔兔則跟在我背後跳進來。

「莎莎！」柔依在最後一排的座位大喊。「來坐我旁邊呀！」

我走到遊覽車最後面，在柔依旁邊坐了下來。她用連帽雨衣把全身裹得嚴嚴實實的，兜帽上還有一對青蛙的眼睛。

「妳緊張嗎？」柔依問。我調整到舒服的姿勢，然後讓粉紅兔兔坐在大腿上。

「緊張？」我反問。「幹嘛緊張？」

「就鬧鬼的事啊！」莎曼莎說，從前面的座位探出頭來，害怕的睜大眼睛盯著我們看。「妳也知道吧，就古堡裡的鬼呀！」

「喔，那個啊，」我說，「我不認為……」

「一定**很恐怖**！」布魯諾坐在前面幾排的位置，露出一副見多識廣的樣子，「幸好我有帶著我的驅鬼噴霧。」他舉起一小罐亮晶晶的粉紅色瓶子（不過看起來疑似是香水），朝空中噴灑出一團霧氣，聞起來非常甜。

奧立佛皺起鼻子。「這聞起來很像香水嘛，」他說。「跟我媽媽噴的香水味道一樣耶！」

「這才不是香水，」布魯諾說。「是驅鬼噴霧啦！來，我幫你們噴一點。」

「不要！」奧立佛大喊。「這聞起來很像玫瑰！」

「那我要噴一點，」柔依說，「噴一些在我身上吧！」

布魯諾探出座位來，把驅鬼噴霧噴在柔依全身。接著噴薩希，然後再噴莎曼莎。

「妳也要噴一點嗎，莎莎？」他問。

「好啊，謝謝。」我說。我其實不相信布魯諾的噴霧能驅鬼，可是我想要和朋友們一樣，身上也有玫瑰花的味道。

就在這時候，櫻桃老師也上了遊覽車。之前還沒上車的同學們緊跟在她身後。

「總算！」她說。「都到齊囉！布魯諾，請你坐下。大家繫好安全帶，我們出發囉！」

我們都按照櫻桃老師的話做，車上響起一片繫安全帶的喀嚓聲。接著，遊覽車就彷彿活過來，轟隆隆的啟動了。櫻桃老師在爸爸旁邊坐下，聞了聞車裡的空氣。

「這裡聞起來好像有玫瑰花的味道耶！」老師說，把頭轉向司機，「你車上的芳香劑真好聞！」

隨著遊覽車駛離學校，我望向窗外，看著底下因雨水而亮晶晶的路面。路面看起來好遠喔。

「我不曉得遊覽車原來這麼大耶！」我對柔依說。

可是柔依沒有在聽我說話，她正忙著跟莎曼莎和薩希聊鬼魂的事。

「我們全都要靠在一起唷！」薩希說。「這樣如果鬼魂襲擊我們，才會比較安全一點。」

「好主意。」柔依說。

莎曼莎點點頭，臉變得跟紙張一樣白。「喔，我的天啊。喔，我的天啊。」她用尖細的聲音說。

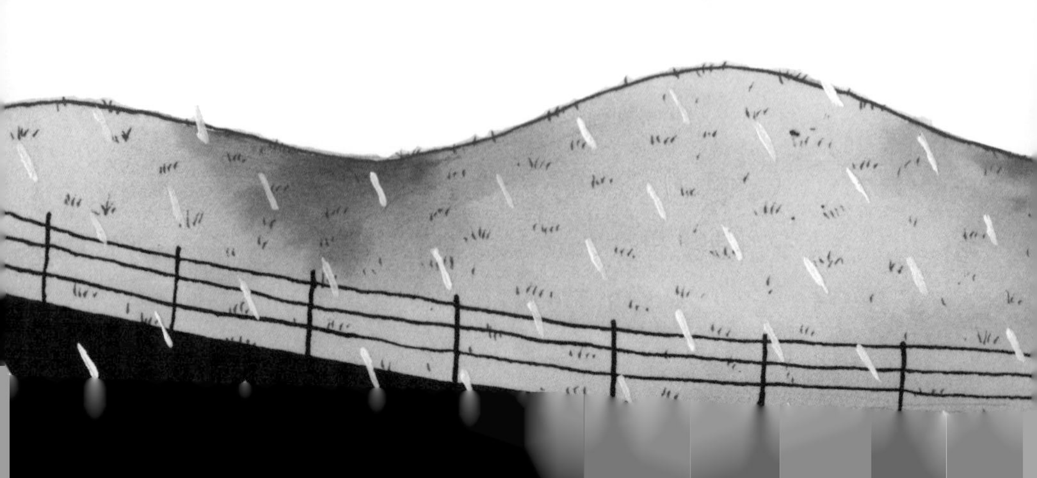

第三章

遊覽車抵達古堡博物館時，我的朋友們已經聊鬼魂聊到沒人敢下車了。

「拜託！」櫻桃老師不耐煩的說。「你們大家是怎麼了？博物館裡根本**沒有**鬼啊！」

爸爸從座位後探出頭來。

「喔，真可惜。」他說。「我好喜歡鬧鬼的城堡耶！」

櫻桃老師勸了半天後，所有人才終於下了車，就連莎曼莎也下車了。遊覽車開走時，我們全部站在路邊，抬頭望著面前的古堡博物館。巨大的黑色高塔與角樓沒入灰色的天空中，而我們頭頂上閃電交加。

「這裡看起來絕對有鬼。」布魯諾說。

「你說得對！」爸爸開心的說。「也許真的有鬼唷！」

櫻桃老師皺起眉頭。「月亮先生，你這句話實在沒什麼幫助。」她低聲道。「城堡絕對**沒有**鬧鬼！現在大家跟我來吧！」

我們全部跟著櫻桃老師，走向城堡沉重的黑色大門。門後有一座售票亭，裡頭坐著一個男人。

營業中

「啊！」他一看見我們便開口。「你們一定就是預約今天來參觀的學校吧。」

「沒錯，」櫻桃老師說，「我們是來校外教學的。」

「太棒了。」男人說完便遞給櫻桃老師一份簡介，上面印著城堡的地圖，然後用手指向第一間房間的入口。

「祝你們參觀愉快！」他說。

「我不想進去耶。」薩希輕聲說，而櫻桃老師卻催促著大家快點走過售票亭，前往第一間房間。

「我也不想，」莎曼莎發抖著，「這座城堡感覺陰森森的。」

「那只是因為天氣的緣故啦。」櫻桃老師說。就在這時，一道閃電忽然照亮了房間，我們頭上傳來一聲巨大的雷鳴。除了我、爸爸和櫻桃老師，全班都放聲尖叫。我畢竟是半個吸血鬼，所以不怎麼怕雷聲和閃電。

「大家安靜，」櫻桃老師聽起來有些疲憊，「雷聲和閃電又傷不到你們。現在大家來看看這間漂亮而且歷史悠久的房間吧！」

我們都參觀了起來。這間房間確實很美，天花板的顏色漆黑如午夜，上面彩繪了銀色的星星，房間正中央還有兩張鑲著珠寶的寶座。櫻桃老師查閱了一下地圖。

「這裡是寶座的展間，」老師告訴我們，「在古代，國王和皇后就坐在這裡。你們看看那邊那些皇冠！」

櫻桃老師帶領全班走向巨大的玻璃櫃，裡頭放滿了閃閃發光的皇冠。有的大，有的小，有的尖尖的，但全部都鑲滿了鑽石。

「哇！」爸爸讚嘆。「真的好奢華唷，是不是？」

「我想試戴看看！」柔依說。

「這些皇冠太貴重了，不能試戴啦。」櫻桃老師說。「不過你們看，那邊有一箱道具服。你們可以扮成古代的國王和皇后唷！」

「我要扮皇后！」柔依邊喊邊衝向箱子，在裡頭東翻西找。「喔，看看這頂美麗的皇冠！」

「那我要扮國王。」奧立佛說著，從箱子裡拿出一件紅色的長披風，披風尾端是有著黑點的白色滾毛邊。

「我也想扮裝，」布魯諾說，「可是箱子裡只有兩套道具服耶。」

「每間房間應該都有道具服可以試穿，」櫻桃老師解釋，「大家都有機會。等參觀完所有房間，你們每個人應該都穿上中世紀的服裝了。我們來挑戰一下，找出城堡裡所有的道具服吧！」

「哦！真是令人興奮！」爸爸說。

「抱歉，這你恐怕沒辦法參加，」櫻桃老師說，「道具服都是小朋友的尺寸。」

「喔……」爸爸看起來很失望。「啊，好吧，至少我還有螢光背心！」

大家走向下一個房間。我的朋友們目前好像暫時忘記鬧鬼的事，他們都忙著討論不同房間裡可能藏了哪些道具服。

柔依穿著鑲滿寶石的皇室服裝，戴著閃閃發光的皇冠，驕傲的走在我身旁。「我希望每天都可以穿成這樣！」她說。

櫻桃老師帶領我們走出寶座的展間，來到一個陰暗的長廊，牆上點著一根根蠟燭，燭火搖曳。

「這裡真適合我。」爸爸說。

忽然一道閃電照亮了整座長廊，我們頭頂再次傳來巨大的雷鳴。莎曼莎發出了尖叫：「天呀！那是什麼？」只見一個高大的金屬人影站在牆邊。

「是盔甲啦！」櫻桃老師說。「古代的騎士都會穿上盔甲去打仗。」

「酷耶！」布魯諾說。

「也許附近就有騎士裝。」布魯諾衝向長廊盡頭的箱子，猛然掀開蓋子。

「有**兩套**盔甲！」他大喊，高舉著兩套匡啷作響的銀色道具服。「誰想跟我一起扮騎士？」

「我！」賈斯伯大喊。

「我！」薩希也大喊。

「妳不可以扮騎士啦！薩希，妳是女生耶！」布魯諾說。

「我**可以**！」薩希說完便趕在賈斯伯前面，搶先一步拿走盔甲，迅速套到身上。「女生也可以扮騎士呀！」

「太酷了！」爸爸讚嘆。「布魯諾和薩希看起來真的很帥，對吧？妳看那一身金屬盔甲真是閃亮又耀眼，也許我應該買一件金屬製的吸血鬼披風來穿！」

長廊的盡頭是一段階梯。

「這裡會通往下面的地窖，」櫻桃老師看著她的地圖解釋，「以前囚犯都會被關在那裡。」

「喔，不！」莎曼莎一面抱怨一面緊張的咬著手指。「鬼魂最有可能躲在那種地方啊！」

「太棒了！」爸爸歡呼。「那讓我先走，可以吧？」他開始沿著階梯往下走，粉紅兔兔、櫻桃老師，還有我跟在他身後，其他同學則是很不情願的跟著我們。

「別忘了，」我聽見布魯諾說，「只要有噴驅鬼噴霧就不會有事。」

地窖又黑又冷，一扇窗戶也沒有。我們四周的牆上閃爍著燭火，昏暗的光線下影子忽隱忽現，鬼影幢幢。就連我都有一點點發抖，緊緊握住粉紅兔兔的手。

「好有氣氛喔！」爸爸興致勃勃的東張西望。「我就是一直想在浴室裡營造這種效果。我最愛燭光浴了。」

「嗯……」櫻桃老師說。「這氣氛也許有點太過頭了。我們要不要先回樓上呢？還有很多其他東西可以看，有一座很高的角樓，要爬一百階旋轉階梯才會通到頂樓喔！」

「喔！那我想去爬角樓！」賈斯伯說。

「我也是！」布魯諾說。

全班開始走回樓上，可是爸爸還流連忘返。

「那裡面有什麼啊？」他指著牆問，只見牆上有一扇窄門，大家剛才都沒有注意到。「要不要把門打開呀？」

「嗯……」我說。所有同學都已經爬上樓，消失在地窖的階梯上了。

「好嘛。」爸爸說。「我們一定追得上他們，只要看一眼就好！」

第四章

爸爸快速穿過房間，把門打開。一時間，空氣中揚起灰塵，蜘蛛在地板上四處亂跑。粉紅兔兔驚慌的跳了起來，他最討厭蜘蛛。

「爸爸，裡面沒東西啦，」我和爸爸一起望著門後的一片黑暗。「這大概只是櫥櫃之類的啦。」

「嗯……」爸爸仔細的觀察，撥開了蜘蛛網。

「不過那是什麼呀？」他指著角落問，只見有一團朦朦朧朧、銀色的東西正蜷縮在那裡。

「哦……」我驚訝的盯著那個東西看。「那是？那是……？」

「是鬼耶！」爸爸說。「錯不了！我覺得就是！」

我感覺到一陣寒意沿著脊椎上下亂竄。雖然爸爸常常講關於鬼的事，但我畢竟從來沒有親眼見過。

我突然覺得有點害怕了。

「爸爸，關門啦，」我說。「我們不該打擾他。」

「亂講！」爸爸說，而櫥櫃角落裡的鬼魂也展開了身體。「妳看，他很友善啊！」

可是我不覺得這個鬼看起來很友善，他舉起閃爍著微光的手臂，把嘴巴張成大大的O型。

「**嗚嗚嗚——！**」他哀號著。

我用手遮住雙眼。

「他只是在嚇唬人啦，」爸爸大笑。「我也會呀！**嗚嗚嗚——！**」

我從指縫間偷瞄，瞄到鬼看起來很驚訝。

「**嗚嗚嗚——嗚嗚嗚嗚——！**」他繼續哀號，聲音比剛才大多了。

「**嗚嗚嗚——嗚嗚嗚嗚——！**」爸爸繼續學他。

鬼看起來有點生氣。他把銀色的手臂交叉在胸前，皺起了眉頭。

「我那樣做的時候，你們應該要

逃走才對呀！」他說。「一般都是這樣啊！」

「幹嘛逃走呢？」爸爸問。「我們可以好好聊天啊！」

「聊天？」鬼說。「我已經好多年沒聊天了！確切來說，有兩百年了。」

爸爸嚇壞了，驚呼：「兩百年！你是說你**兩百年**都沒跟任何人說過話嗎？！」

鬼傷心的垂下頭。

「你一定很寂寞。」爸爸繼續說。「肯定非常寂寞吧。」

「是啊，」鬼微微啜泣著。

「以前我總會試著跟人講話，可是大家每次都尖叫著跑開，所以最後我放棄了。現在我就故意嚇人，這樣簡單多了，畢竟大家想像中的鬼就是這樣。」

「嗯……」爸爸點點頭。

「不過，大部分的時候我都躲在櫥櫃裡，」鬼繼續說。「其實我不是真的喜歡嚇人，何況有時候還會被人丟東西。」

「喔，天啊……」爸爸安慰他。「那一定不好受。」

「就是呀。」鬼說。「我只是希望大家能看見真正的我，不要只是像看到鬼一樣。」

「說得對。」爸爸邊說邊摸著下巴沉思。「嗯……要讓大家知道你很友善，我想應該不會太難。要不你跟我們走？我們學校正在校外教學，可以把你介紹給其他同學認識。只要我們清楚介紹你是誰，他們就一定不會怕你了。你叫什麼名字呀？」

「我叫奧斯卡。」鬼說，然後伸出他冰涼的、銀色的手，跟爸爸和我握一握。我握住他的手，那觸感若有似無，就好像在跟一朵雲握手！

「好啦，奧斯卡，走吧。」爸爸說。「我們來把你介紹給大家認識！」

奧斯卡似乎有點懷疑，不過他還是從櫥櫃裡飄了出來，跟隨爸爸和我穿過地窖。靠近石頭階梯時，我發現陰暗的牆邊有一箱道具服。

「等一下！」我邊說邊跑向箱子。「我們來看看這間房間裡有什麼道具服吧！」

我打開後，從裡頭拿出了一件黑白條紋的連身裝。

「是囚犯裝耶！」我說。

「喔，真棒！」爸爸說。「我很喜歡黑白條紋耶！莎莎，妳應該穿上這套衣服，肯定很合適！」

我快速把連身裝套在衣服外面，連身裝的一隻褲腳還綁著紙板做的假腳銬。我走路時，腳銬上連著的紙球也跟著在地上移動。

奧斯卡發抖著說：「我還記得這裡曾關著真正的囚犯。」

我們三個沿著地窖的臺階往上走，回到上面的長廊。我開始覺得不安了。

「爸爸，」我拉拉他的袖子說。「如果我們就這樣帶著奧斯卡出現，我覺得班上同學會害怕耶！也許我們該用不同的方式讓大家認識他？」

奧斯卡聽到我的話後，看起來有點傷心，不過我更不希望朋友的尖叫冒犯到他。

「別傻了。」爸爸說。「誰會怕奧斯卡呀？他是這麼友善的鬼耶！妳看他那張笑咪咪的臉！不用怕，我們只需要把他介紹給班上同

學，然後再告訴大家奧斯卡是我們的朋友就好啦！」

「可是……」我說。

「莎莎，不會有事的，」爸爸堅持。「別擔心。」

奧斯卡似乎打消心中的疑慮，甚至還露出了笑容！只是他的笑容並沒有維持太久。我們走過轉角，看見櫻桃老師和同學們全都站在一起，而櫻桃老師正一臉困惑的拿著點名板點名。

「我確定少了兩個人和一隻粉紅兔兔……」老師說。

然後她和我的朋友們都抬起頭，看見了我們。接著他們便**放聲尖叫**。

每個人都尖叫。

就連櫻桃老師也一樣。

「啊啊啊啊啊啊啊啊！！！」老師大喊，嚇到點名板都掉在地板上，臉色也變得像鬼一樣白。

「啊啊啊！！」莎曼莎尖叫著，害怕的倒在地上。

「救命啊！」奧立佛也尖叫著用手擋住臉。

「**是鬼呀**！！！」賈斯伯大叫。

奧斯卡本來在我們前面，正要從長廊飄過，現在卻驚恐的往後退，臉上的笑容也瞬間消失了。

「等一下！」爸爸舉起手說。「大家聽我說，這個鬼很友善的。」

可是沒人聽進去，他們全都轉身就**跑**。

第五章

「天啊！」爸爸嘆了一口氣。

「就跟你說吧。」我說。

奧斯卡傷心的抽了下鼻子，往地窖飄去。

「嘿！奧斯卡，回來呀！」我喊道。

可是奧斯卡沒有回頭，他一路從長廊飄回去地窖。

「真可惜！奧斯卡真可憐。」爸爸和我一起站在已經空蕩蕩的長廊上。

「就跟你說吧！」我又說了一次。

「對啦，」爸爸嘆了口氣。「莎莎，妳說得對。我們得用不同的方法把奧斯卡介紹給班上同學才行。」

我們沿著長廊走回地窖。

「奧斯卡！」我喊道，和爸爸一起快步走下石階。「你在哪裡？」

「你又跑回去裡面了嗎？」爸爸一邊問，一邊打開櫥櫃的門。我們朝黑暗望去，只見奧斯卡小小的銀色身影縮在原本的角落裡發抖。

「奧斯卡！」我說。「別怕啊！出來嘛！」

「但我很害怕，」奧斯卡啜泣，「我怕永遠交不到朋友。」

「你會交到朋友的！」我肯定的說，「我們只是得找到對的方式向大家介紹你。」

「而且你已經有兩個朋友啦！」爸爸說，「就是我和莎莎呀！」

「也是啦！」奧斯卡抽了抽鼻子說，精神也稍微振作了一點。他展開身體，從櫥櫃裡飄了出來。

「既然如此，」爸爸說，「校外教學結束以前，我們得趕快想到辦法！」

「沒錯！」我附和。「我們得想個辦法，既可以讓奧斯卡融入，又不會讓大家發現他是鬼。」

「嗯……」爸爸說。

粉紅兔兔動了動耳朵，拉了一下我的囚犯裝。我低頭望向自己都是條紋的雙腿和綁在腳踝上的假腳銬。

「我在想……」我說，「城堡裡不知道有沒有什麼道具服適合奧斯卡穿。如果能找到一件能把頭給蓋住的道具服，我們就可以遮住他的臉，這樣就沒人曉得他是鬼了。」

「真是個好主意！」爸爸說。

奧斯卡開始興奮的在空中上下搖擺。「我知道城堡裡所有道具服的位置！」他說。「畢竟我已經在這裡住很久了！禮拜堂裡就有一套連帽的修道士服；而且更棒的是，放劍和盾牌的房間裡還有另一套盔甲，那套盔甲有配金屬的頭盔！」

「太棒了！」爸爸說。「我們得快點過去那裡，免得其他人比我們先到。走吧！」

爸爸咻的一聲飛出地窖，回到階梯上，奧斯卡、粉紅兔兔和我跟在他背後。

「我來帶路！」奧斯卡衝到前面說。我們迅速穿過長廊，再次穿過寶座的展間，然後飛上一座宏偉的臺階，到了一樓。我們沿著彎彎

曲曲的走廊快速前行，一路上看到好多畫作。然後我們來到一間很大的房間，牆上掛了幾百把閃亮的劍和盾牌。我看見房間角落有一箱

道具服，便跑過去打開箱子。

「找到了！」我倒抽一口氣，舉起一套騎士裝。它和布魯諾之前找到的不一樣，不僅有頭盔，頭盔上還插著一大撮羽毛的裝飾。

「哇！」爸爸說。「好時髦、好華麗唷！」

奧斯卡飄進盔甲後，我便幫他戴上頭盔。

「你記得雙腳要落地，」我提醒他，「不要飄在空中唷！」

「沒錯，不然就穿幫了！」爸爸附和。

於是奧斯卡降落到地面上。

「現在我們得找到其他人，」我說，「不曉得他們在哪裡。」

在城堡裡搜尋了十五分鐘後，我們才終於在入口的大廳找到櫻桃老師和班上其他同學們。

「我跟你說，真的有鬼！」櫻桃老師正對著售票亭裡的男人說。「它一路沿著長廊追著我們跑！」

「它本來要襲擊我們！」賈斯伯說。

「我了解了。」男人用一種覺得好笑的語氣回答。

這時候，櫻桃老師轉過身來看見爸爸和我，再度大驚失色。

「沒事了，」爸爸說。「鬼魂沒跟過來啦。妳看，它消失了。」

櫻桃老師用手按著胸口。

「真是謝天謝地！」她說。「咦，那個穿著騎士裝的小孩是誰呀？」

「喔，他是奧斯卡。」爸爸說。「他迷路了，找不到……嗯……餐廳，所以我就叫他跟著我們。」

櫻桃老師看了看手錶。

「啊，對耶，午餐。」她說。

「現在吃午餐應該是個好主意。大家跟我來吧！」

我們全都跟著櫻桃老師走到餐廳，在長長的木桌前坐下。

「那個鬼是我這輩子見過最可怕的東西了！」柔依坐在我身旁，邊說邊打開自己的午餐盒。

「我也是，」奧立佛也說。「真不敢相信，我們竟然看見真的鬼了！」

奧斯卡不發一語的坐在我旁邊。我希望沒人發現他沒有自己的餐盒，於是從桌子底下遞給他一個三明治。

「這我不能吃！」他輕聲的說。「鬼魂不吃東西的啦！」

「喔！」我說，「當然，不過也許你應該假裝吃一下。」

奧斯卡接過三明治，放在面前的桌子上。

「奧斯卡，你家住哪裡呀？」柔依問。

「嗯……」奧斯卡正要開口。

「你是從哪間房間找到那套騎士裝啊？」布魯諾問。「比我這套還要棒！」

「超棒的，」薩希也羨慕的說。「還有配正規的頭盔耶！」

「我到現在還沒有道具服！」莎曼莎抱怨。「好想扮公主喔！」

「我知道公主裝在哪！」奧斯卡說。「就在皇家寢室裡。」

「真的嗎？！」莎曼莎興奮的說。「你怎麼知道呀？你一定已經逛完整座城堡了吧！」

「對呀。」奧斯卡誠實的回答。

「哦，那還可以找到哪些道具服啊？」賈斯伯問。

奧斯卡一一說出藏在城堡裡的各種道具服。

「我要弓箭手的服裝！」賈斯伯大喊。「我想要像羅賓漢一樣！」

「賈斯伯，請保持安靜，」櫻桃老師從隔壁桌喊道。「吃完午餐後我們就會去射箭場。」

「射箭場？」莎曼莎問。「那是什麼地方呀？」

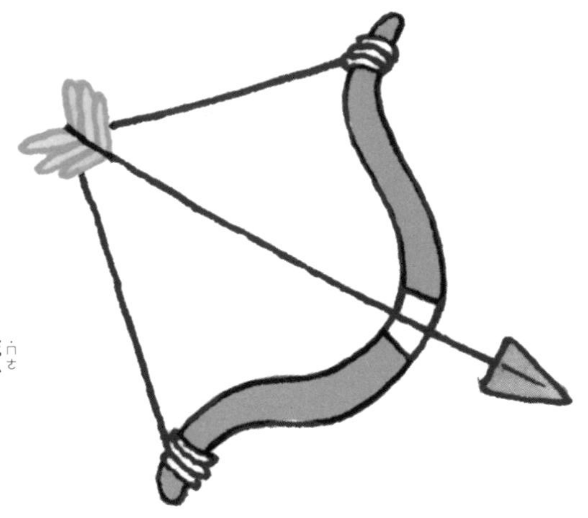

「那裡有很多弓箭，」奧斯卡解釋，「可以在那裡練習射箭，真的很好玩喔！」

「原來呀，我等不及了！」賈斯伯說。

我安靜的吃著自己的午餐，而奧斯卡則是愉快的向我的朋友們介紹城堡的一切，大家都對他刮目相看。看到奧斯卡這麼開心，我也跟著開心。

「奧斯卡，你懂的真多，你好聰明！」薩希說。

我們吃完午餐，從桌子前站起身來。

「喔……那個……我只是剛好時間很多啦！」奧斯卡說。他看起來既開心又有點不好意思。

第六章

吃完午餐後，我們跟著櫻桃老師來到射箭場，奧斯卡也跟著來了。賈斯伯跑向裝道具服的箱子，拿出了弓箭手的服裝。

「我現在跟羅賓漢一樣了！」他邊喊邊把道具服套在自己的衣服外面。

接著是射箭教學時間，一位女

士走進來示範該怎麼使用弓箭。我們得把箭從房間一端射向房間另一端的標靶。

「真的好難唷。」薩希說，她的箭向上朝著高高的天花板飛去。

「超難的！」賈斯伯也附和。

「就算我穿著弓箭手的服裝也一樣！」

最後，輪到了奧斯卡射箭。

「哇！太厲害了！」奧斯卡正中靶心時，所有人驚呼。

「射得好！」那位女士說，聽起來真的很佩服。「你試試看能不能再成功一次！」她又遞了另一枝箭，而奧斯卡再次正中靶心。

「哇！哇！」女士說，「你真的很有天分耶！」

「哇——！」同學們全都發出讚嘆，賈斯伯更是驚訝到眼珠都快掉出來了。

「奧斯卡，你太厲害了！」他說。

雖然奧斯卡不好意思的站在原地扭動著雙腳，可是我看得出他真的很開心。

「如果你願意，我可以找時間教你呀。」他說。

賈斯伯熱切的點頭說：「好呀，拜託你了！」

離開射箭場後，我們上樓四處參觀其他房間，包括放滿劍和盾牌的房間，以及有一百個臺階的高聳角樓，而莎曼莎也在皇家寢室裡找到了公主裝。

「該參觀最後一個房間囉！」櫻桃老師說，帶著大家回到一樓。「這裡是禮拜堂。我想裡面應該還剩最後一套道具服。有誰還沒有扮裝的嗎？」

「我！」多明尼克說。「我想扮騎士或是弓箭手！」

「喔，孩子，」櫻桃老師說，「你可能得扮成修道士了。」禮拜堂裡面非常漂亮，有高高的拱形天花板，還有許多貼滿銀箔的雕刻。禮拜堂旁邊

連接著另一間華麗的房間，裡頭放著一臺很龐大的樂器，看起來很複雜。

「喔，天啊！」爸爸說。「是管風琴！我好想學要怎麼彈喔！你們不覺得管風琴有種很神祕的感覺，很適合吸血鬼嗎？」他在椅子上坐了下來，然後開始亂按琴鍵，發出刺耳的聲音，搞得所有人都用手指堵住耳朵。

「爸爸，我想那個不能碰啦！」我小聲的提醒。

「沒關係的。」旁邊一位看起來是工作人員的先生說。「我們鼓勵大家試玩樂器。其實……」他邊說邊用手指向身旁的桌子。「這裡還有很多中世紀的樂器可以讓小朋友們體驗喔！」他拿起一件樂器遞給奧立佛。

「這是魯特琴，試試看吧。」他說。

奧立佛開始彈起魯特琴，

那位先生也把其他樂器發給班上的同學們，有號角、長笛、鈴鼓、豎琴、木製的直笛等等。

「我知道怎麼吹直笛！」柔依說。

「我要玩鈴鼓！」薩希說。

「我可以試試豎琴嗎？」莎曼莎害羞的問。

所有同學很快都拿到了樂器，響起了一陣吵鬧的聲音。奧立佛撥奏魯特琴，薩希拍鈴鼓，莎曼莎彈豎琴，多明尼克吹長笛，柔依吹木笛，布魯諾吹小號，賈斯伯打小鼓，我吹號角，而奧斯卡彈管風琴。

「真好玩！」布魯諾大喊。「我們就好像一個樂團耶！」

「對呀！」薩希喊著。「我們應該要來組個樂團，然後每個禮拜都約一起練習！」

「感覺會很棒耶！」柔依喊著。「我們還可以辦音樂會。」

「我覺得你們全都需要再多加練習才辦得了音樂會。」爸爸用手指堵住耳朵，大聲喊道。

不過有一個「人」好像不需要再練習了。在嘰嘰嘎嘎、吱吱嗚嗚、乒乒乓乓的樂器聲裡，傳來了優美的管風琴聲。隨著奧斯卡用他的銀色手指上上下下的敲打著琴鍵，一段動聽又迷人的曲調穿過噪音流瀉出來。我的朋友們一個個停下了手上的樂器，開始聆聽管風琴傳出來的天籟。

「旋律好美啊！」莎曼莎放下豎琴讚嘆。

「太美妙了。」薩希說。

「奧斯卡絕對要加入我們的樂團才行。」布魯諾說。

「絕對要。」賈斯伯也說。

一直閉眼聆聽的櫻桃老師突然皺起眉頭，抬頭往上看。

「奧斯卡是誰？」她問。

奧斯卡停下了在琴鍵上來回跳動的手指，把手慢慢放在膝蓋上，什麼話也沒說。

「等一下……」櫻桃老師說，數了數房間裡小朋友的人數。「這個男孩不是我們班的！」她瞇起雙眼望向爸爸。「你不是說要帶他去餐廳嗎？」

「嗯……」爸爸說。

櫻桃老師慌張了起來。

「我們得找到他爸媽才行！」她驚呼。「不然可能會被指控綁架兒童呀！」

「不會有人指控綁架兒童啦，」爸爸說。「因為奧斯卡沒有爸爸媽媽。」

櫻桃老師看起來一臉困惑。奧斯卡難過的垂下了頭。

「是真的，我沒有家人。」他說。

「什麼意思？」櫻桃老師驚訝的問。「每個人都有家人啊！」

「但奧斯卡沒有。」我走向坐在琴椅上的奧斯卡，把手搭在他肩膀上。櫻桃老師、爸爸和全班同學都盯著我們看。

「奧斯卡很特別，」我說，「他是……他是……」

「他是什麼？」薩希問。

「告訴我們嘛！」布魯諾說。

「喔，是祕密嗎？」柔依問。

「嗯，對呀……」我說。「算是啦。不過你們要先保證不會尖叫或跑開。」

「我們當然不會跑開囉！」布魯諾覺得好笑的說。「奧斯卡很酷耶！」

「對呀！」柔依也說。「我們都愛奧斯卡！他哪有什麼可怕的？」

「說得對！」我說。「一點也不可怕呀！」

我小心翼翼拿開奧斯卡的頭盔，然後放在地板上。

我的朋友們和櫻桃老師全都倒抽了一口氣。

「他是……他是……？」他們結結巴巴的問。

「奧斯卡就是我們之前看到的鬼魂，」我解釋。「可是他很善良、不可怕，只是想交到朋友而已。」

布魯諾深吸了一口氣，然後走上前。

「奧斯卡，我很願意當你的朋友，抱歉我之前太害怕了。」他說。

「我也很抱歉。」柔依也說。「我應該要先試著認識你才對，而不是馬上跑開。」

「我也是。」薩希附和。

我的朋友們一個個走上前去握奧斯卡銀色的手。奧斯卡笑得非常燦爛，看得出來真的很開心。

「很高興認識你，奧斯卡，」輪到櫻桃老師時，她握住奧斯卡的手說。「這段經歷我們每個人肯定都不會忘記的！」接著她低頭看了下手錶，然後小聲嘖了一下。

「喔，糟糕，要來不及搭遊覽車了。」老師說，「我們該回家了，大家都脫下道具服吧。」

「喔，不！」柔依說。

「我還不想回家耶！」布魯諾也說。

「可是奧斯卡怎麼辦？」薩希問。「我們的樂團需要他耶！」

奧斯卡垂著頭坐在琴椅上，似乎又難過了起來。

「我真希望可以加入你們的樂團。」他說。「這麼多年以來，今天是我過得最開心的日子！希望你們全都會再回來參觀城堡，這裡真的好冷清喔。」

「肯定冷清到難以想像。」爸爸沮喪的說。

我想起了我們可愛又溫暖的家，也想起了媽媽、甜甜花寶寶和粉紅兔兔。我看向爸爸，知道了我們的想法一樣。

「我是這麼想的，」他說。「要不你跟我們一起走吧？你可以搬來和我們吸血鬼仙子一家住。你覺得呢？」

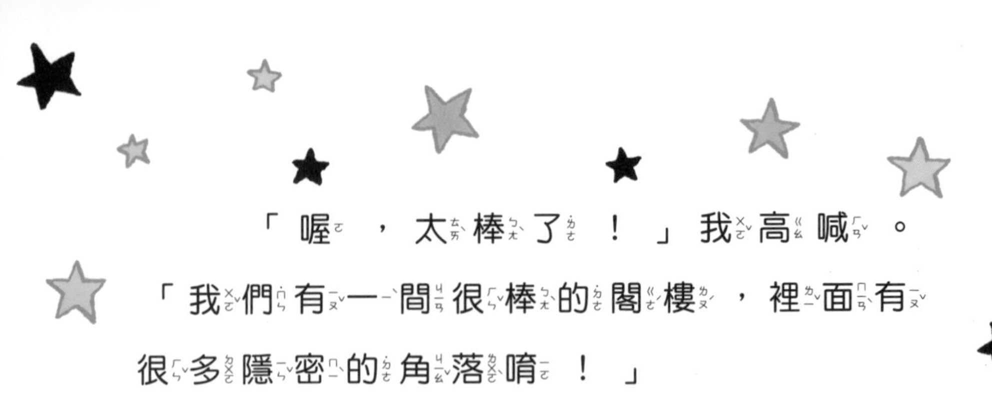

「喔，太棒了！」我高喊。

「我們有一間很棒的閣樓，裡面有很多隱密的角落唷！」

「事實上，我們家剛好也缺一個鬼。畢竟所有最棒的吸血鬼的家裡都有鬼喔！」爸爸說。

「真的嗎？！」奧斯卡說。「你們真的願意讓我搬進去，讓你們家鬧鬼？」

「那當然囉！」爸爸說。「我們家對鬼魂可是很友善的。」

奧斯卡露出了我看過最燦爛的笑容，全班也都發出歡呼。

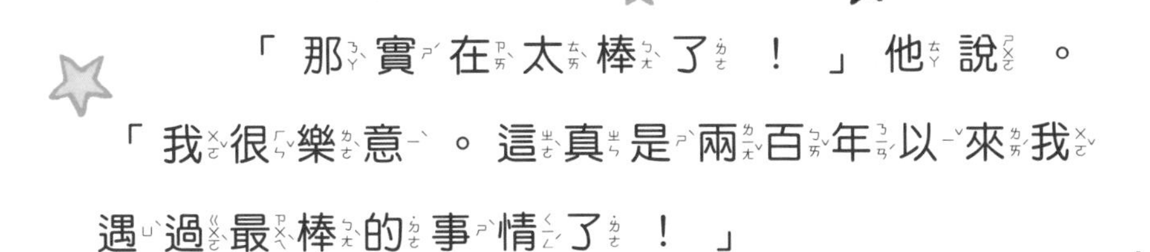

「那實在太棒了！」他說。

「我很樂意。這真是兩百年以來我遇過最棒的事情了！」

該怎麼扮裝成月亮莎莎的親戚和朋友呢？一起來看看！

扮裝成古堡鬼魂奧斯卡需要：

□ 用白色舊床單罩住全身（鬼魂會散發出銀白色的微光，所以可以用有光澤的布料，或是噴點會反光的定型噴霧喔！）

□ 黑色的眼睛（在床單上剪兩個洞並在內側黏上黑色薄紗，或是在眼睛周圍塗上黑色的無毒顏料。）

□ 黑色的嘴巴（用黑線縫在床單上，也可以改黏色紙或是用黑筆畫喔！）

※ 想扮演穿盔甲的奧斯卡，可以先穿上盔甲後，再把露出來的部位都塗上白色的無毒顏料喔！

還記得莎莎以前介紹過的寵物飛龍和女巫仙子表姊米拉貝兒嗎？扮裝成莎莎的寵物飛龍需要：

- □ 粉紅色的連帽上衣（飛龍也可能是紅色或綠色，所以衣服也可以穿紅色或綠色喔！）
- □ 飛龍的翅膀

  DIY：下載下方 QR code 裡的素材試看看自己做！
- □ 尖尖的耳朵

  DIY：用厚紙板製作，記得要塗上與衣服相同的顏色。（耳朵可用膠帶固定在髮帶上。）
- □ 飛龍身上的尖刺

  DIY：用厚紙板製作，要黏在衣服背面及帽子上！

右翅

左翅

扮裝成米拉貝兒需要：

- □ 又尖又長的黑色巫師帽
- □ 黑紫或黑粉相間的長髮（可以選擇戴假髮片喔！）
- □ 黑紫或黑粉相間的洋裝（衣服上如果有星星、蜘蛛或新月的圖案點綴會更棒喔！）

- □ 黑白、黑紫或黑粉相間的緊身褲襪
- □ 黑色的尖頭靴
- □ 蜘蛛飾品（非必要）
- □ 女巫調配魔藥用的鍋子（非必要）

月亮莎莎 系列 5 ～ 8 集閃亮登場！

喜歡月亮莎莎魔法家族的你，千萬不要錯過！

快來看看莎莎和她獨一無二的家人
是過著怎樣刺激又有趣的生活呢？

月亮莎莎惹上大麻煩

學校的**「寵物日」**要到了，莎莎本來打算帶粉紅兔兔去學校，但表姊米拉貝兒卻用魔藥變出一頭**飛龍**，要給莎莎當寵物！

莎莎禁不起表姊的慫恿，竟同意帶飛龍去學校！
這下子「寵物日」當天到底會發生什麼事呢？

月亮莎莎魔法新樂園

莎莎和家人滿心期待要去人類的**「超炫遊樂園」**玩，但到了之後卻發現那裡竟然冷冷清清，遊樂設施也十分破舊，**一點也不炫**。或許使用一點**「魔法」**或幾滴**「魔藥」**能夠讓遊樂園變得熱鬧一些？

如果只用一點點魔法，
應該不會出錯吧……

月亮莎莎的冬季魔法

莎莎最愛的克莉絲朵阿姨前來拜訪，揮揮仙女棒便把家中花園變成了晶瑩剔透的**冰雪世界**！莎莎開心的用魔法雪堆起雪人，沒想到她堆出的這位**「雪男孩」**竟然活了過來！兩人馬上成為朋友，玩起各式各樣的遊戲。

但用魔法變出來的雪當然沒辦法維持太久……**在雪男孩的身體融化之前，莎莎能想出辦法來解救他嗎？**